Tuktuk
un cuento sobre la tundra

por Robin Currie
ilustrado por Phyllis Saroff

En la cima del mundo, un conductor Inuit grita a los perros del trineo: "¡Avancen!".

"¡Guau! ¡Guau! ¡Guau! ¡Guau!".

Él vio la puesta del sol sobre el hielo, pero no vio que una bota kamik afelpada se resbalaba fuera del trineo por debajo de las cuerdas. "¡Avancen!".

"¡Guau! ¡Guau! ¡Guau! ¡Guau!".

Tuktuk vio lo que el conductor no vio.

Tuktuk se escondió hasta que los perros estuvieron fuera de vista.

El lemino estaba casi listo para el invierno Ártico. Su pelaje ha cambiado de café veraniego a blanco nevado. Entonces, Tuktuk ha utilizado sus largas garras delanteras para cavar un profundo hoyo en su montículo.

Por último, Tuktuk buscó en la tundra pelos de buey almizclero para revestir su nido invernal.

"Perfecto", él dijo. "¡Una kamik afelpada es lo ideal para un lemino!".

Mientras Tuktuk la arrastraba hacia su montículo, Putak, el oso polar, salió caminando tranquilamente de una colina cercana.

"Tuktuk", Putak exclamó. "Ya viene el invierno. Pronto, no veremos el sol en lo absoluto. Necesito algo para mantenerme caliente".

Putak miró a Tuktuk y dijo, "¡Ah-ja!
¡Una kamik afelpada!".

Tuktuk quería tener esa kamik afelpada. Mientras los últimos rayos del sol poniente del Ártico resplandecían en sus pequeños ojos de lemino, él dijo, "Putak, tienes razón. Tú necesitas esta kamik afelpada. Yo creo que deberías ponértela sobre tu . . . naríz".

"¿De verdad?", dijo Putak. Él presionó su cara dentro de la kamik hasta que la metió en ella.

"Perfecto", dijo él. "¡Una kamik afelpada es lo ideal para un oso polar!".

Putak resopló. El almizcle de pelos de buey dentro de la kamik le provocaron cosquillas en su naríz. Putak dio un enorme estornudo, *"¡Achíssss!"*. La kamik salió volando y aterrizó cerca de Tuktuk.

"Puf", gruñió Putak mientras se retiraba tranquilamente de ahí. "¡Nadie necesita una kamik afelpada!".

Tuktuk vio dos parhelios brillar a cada lado del sol. Él arrastró su kamik hacia el montículo pero Aput, la zorra del ártico, trotaba cerca.

"Tuktuk", ella exclamó. "Ya viene el invierno. Pronto, no habrá luz por tres largos meses. Necesito algo para mantenerme caliente".

Aput miró a Tuktuk y dijo,
"¡Ah-ja! ¡Una kamik afelpada!".

El resplandor del crepúsculo ártico destellaba en los pequeños ojos del lemino Tuktuk y él dijo, "Aput, tienes razón. Tú necesitas esta kamik afelpada. Yo creo que deberías ponértela sobre tu . . . cola".

"¿De verdad?", dijo Aput. Ella retorció su espesa cola dentro de la kamik hasta que la metió completamente. "Perfecto", dijo ella. "¡Una kamik afelpada es lo ideal para una zorra del ártico!".

Conforme se fue caminando, ella movió su cola de un lado para otro, y la kamik voló alto en el aire lejos de su cola.

¡Pas! La bota la golpeó en la barba antes de aterrizar en la nieve junto a Tuktuk.

"Ash", gruñió Aput mientras se iba haciendo cabriolas. "¡Nadie necesita una kamik afelpada!".

Tuktuk vio los primeros copos de nieve y arrastró su kamik afelpada más rápido. Pero, antes de llegar a su montículo Masak, la caribú, vagabundeaba por ahí. "Tuktuk", ella exclamó. "Ya viene el invierno. Pronto, lo único que podremos ver será una masa borrosa de nieve y cielo. Necesito algo para mantenerme caliente".

Masak miró a Tuktuk y dijo, "¡Ah-ja!
¡Una kamik afelpada!".

Polaris, la estrella del Norte, apareció en el creciente cielo nocturno y resplandeció en sus pequeños ojos de lemino. Tuktuk dijo, "Masak, tienes razón. Tú necesitas esta kamik afelpada. Yo creo que deberías ponértela sobre tu . . . pezuña".

"¿De verdad?", dijo Masak. Ella empujó su fuerte pata y pezuña dentro de la kamik.

"Perfecto", dijo ella. "¡Una kamik afelpada es lo ideal para una caribú!".

Ella dio un paso en la nieve, pero la kamik se atascó en un brote de agua congelado. Masak jaló y jaló.

¡Splash! Cuando se desatascó, el frío lodo la salpicó. La kamik se resbaló fuera de su pezuña y cayó justo sobre el montículo de Tuktuk.

"Frrrr," resopló Masak mientras se iba galopando.
"¡Nadic necesita una kamik afelpada!".

Las luces del Norte brillaron en los fascinados
ojos de lemino de Tuktuk. De un zambullido
metió primero su naríz.

Tuktuk se acurrucó, enroscándose en sus cuatro patas y cada pedazo de su cola. Él dio un pequeño suspiro y dijo, "¡Perfecto! ¡Una kamik afelpada es lo ideal para un lemino blanco!".

Para las mentes creativas

Estaciones Polares

En el invierno ártico, los animales no ven el sol durante seis meses. El sol se queda justo debajo del horizonte, dándoles días de cortos crepúsculos, y largas noches oscuras. Por casi tres meses, no hay luz en su totalidad. En el verano, los animales del ártico tienen seis meses de luz solar sin oscuridad.

Cuando el invierno llega, los animales deben estar preparados para los meses de oscuridad y frío. A varios animales les crece un grueso abrigo de invierno, otros preparan una guarida caliente e incluso pueden hibernar durante el invierno entero. ¿Pero, por qué no sale el sol durante el invierno?

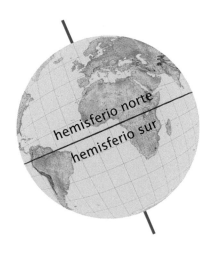

El planeta Tierra gira sobre su eje que tiene 23.4° de inclinación. Cuando un hemisferio esta inclinado hacia el Sol, éste tiene días más largos y más luz solar. Al mismo tiempo, el otro hemisferio tiene días más cortos y menos luz solar. La estación del año en la parte Norte del planeta es siempre opuesta a la estación de la otra mitad del Sur.

La región polar en el hemisferio del norte es llamada el Ártico. La región polar en el hemisferio sur es llamada la Antártica. En los polos de la tierra, el sol permanece bajo en el cielo, aún a mitad del verano. En el invierno, el sol no sube en absoluto por varios meses seguidos.

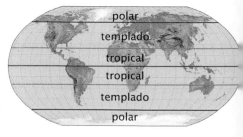

Cielos Árticos

Une las siguientes descripciones a sus imágenes.

En las regiones templadas y tropicales, el crepúsculo ocurre cada noche cuando el sol baja. Pero, en las regiones polares, el crepúsculo puede durar por meses. El **crepúsculo ártico** ocurre en lugares justo al norte del Círculo Ártico. En el invierno, el sol está justo debajo del horizonte, pero existe cierta luz tenue para poder ver.

1.

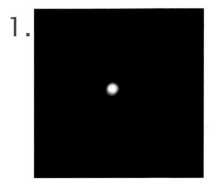

Las **luces del norte** o Auroras Boreales, son patrones coloridos de luz en el cielo. Usualmente, son verdes o rosadas, pero también pueden ser algunas veces rojas, amarillas, azules o violáceas. Las luces son originadas por diminutas partículas de gas (moléculas) en la atmosfera de la tierra. Cuando las partículas cargadas del sol alcanzan la atmosfera, chocan con las moléculas de gas creando patrones coloridos.

2.

Polaris o la Estrella del Norte, es visible desde la mayor parte del hemisferio norte. Entre más lejos estés del Polo Norte, Polaris se verá más baja en el cielo. Si tu puedes encontrar la constelación "La Osa Mayor," sigue una línea imaginaria desde las dos estrellas más alejadas del borde de ella. Esta línea señalará a la Estrella del Norte.

3.

Los soles falsos o parhelios son un tipo de halo. Diminutos cristales de hielo en la atmósfera distorsionan la luz solar. Esto provoca que dos luces brillantes o dos soles falsos aparezcan en cada lado del verdadero sol. Pueden ser vistos en cualquier parte del mundo, no sólo en las regiones polares.

4.

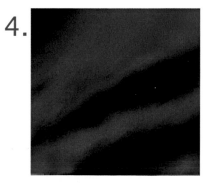

Answers: 1-Polaris. 2-soles falsos 3-crepúsculo ártico. 4-luces del norte.

Vocabulario del Ártico

Vocabulario Inuit

Los Inuit son personas nativas de Alaska, Canadá y Groenlandia. Existen muchos grupos diferentes de gente Inuit. Los Inuit han vivido en el Ártico por más de 4,000 años.

Aput: nieve cubriendo el suelo

Inuit: una persona nativa de la región Ártica

Kamik: bota a prueba de agua

Masak: nieve húmeda que cae (aguanieve)

Putak: nieve cristalina que se rompe en pedacitos

Vocabulario del clima

Crepúsculo Ártico: el sol no es visible, pero no está completamente oscuro

Invierno Ártico: sin luz solar en el Polo Norte, desde finales de septiembre a mediados de marzo

Luces del norte: reflejos del sol coloridos y en movimiento

Polaris: la Estrella del Norte, directamente por encima del Polo Norte

Parhelios o soles falsos: puntos brillantes en cada lado del sol, halos de luz

Resplandor: el cielo y la nieve son del mismo color blanco

Vocabulario Geológico

Témpano: hoja de hielo que rompe entre los montículos

Charcos de escarcha: piscinas de agua sobre el hielo parcialmente derretida

Montículo: colinas de hielo cubiertos de nieve

Pingo: colinas de lodo y roca

Tundra: desierto de hielo sin árboles

La vida en el frío: Datos divertidos de los animales

Los leminos blancos son pequeños roedores que viven en la tundra de Norte América. Ellos pesan sólo 4 onzas (112 gr), más o menos lo mismo que un teléfono celular. Los leminos blancos crecen hasta 6.3 pulgadas (16 cm) de largo.

Los leminos tienen pelaje café-rojizo la mayor parte del año. Este camuflaje les ayuda a esconderse de los depredadores.

En el invierno, los leminos blancos cavan madrigueras en la nieve. Sus madrigueras tienen túneles que conectan con diferentes cuartos. Los nidos están revestidos con pasto, plumas y almizcle de lana de buey para mantener confortables y calientes a los bebés leminos.

Los osos polares son los carnívoros (comen carne) terrestres más grandes de la tierra. Los osos polares crecen hasta 9 pies (2.7 m) de alto y 1300 libras (560 kg).

Los osos polares pasan la mayor parte de sus vidas sobre hielo que flota sobre el Océano Ártico. Ellos tienen una capa de grasa y pelaje grueso sobre todo su cuerpo para ayudarles a mantenerse calientes. Los osos polares tienen piel negra por debajo de su pelaje blanco.

Los osos polares comen focas y otros animales como alimento. Ellos buscan hoyos en el hielo por donde las focas suben a respirar. Los osos polares viajan miles de millas cada año para conseguir comida.

Caribú o reno, viven en grupos llamados manadas. Ellos tienen largos cazcos o pezuñas que les permiten caminar sobre la nieve sin romper la superficie helada. El Caribú pesa hasta 700 libras (317 kg). En promedio ellos miden 4 pies (1.2 m) de alto hasta el hombro.

Ambos, las hembras y los machos tienen largas astas o cuernos. Cada año, al caribú se le caen sus astas y le crecen unas nuevas en la primavera.

El caribú come liquen. El liquen podría parecer una planta, pero no lo es. El liquen está hecho de hongos y algas viviendo juntas. En el hemisferio norte, el liquen crece frecuentemente en el lado norte de los árboles y rocas.

Los zorros del ártico, tienen cuerpos cortos y redondos y gruesas y esponjadas colas que son casi la mitad de lo largo del cuerpo del zorro. Sus cuerpos crecen hasta 26 pulgadas (66 cm) de largo. Pero, ellos son muy ligeros; un mínimo de 10 libras (4.5 gr) es el peso de los zorros del ártico, igual que el de un pequeño perro terrier.

Los zorros del ártico se acurrucan para dormir de tal manera que su cola les cubra la naríz. Esto les ayuda a mantenerse calientes en su frío y nevado hábitat.

Los zorros del ártico utilizan su sentido del oído para cazar a sus presas. Ellos escuchan a los pequeños animales corretear por sus madrigueras por debajo de la nieve. Ellos dan un salto en el aire y luego caen rompiendo la nieve congelada para aterrizar justo sobre su presa.

La autora dona un porcentaje de sus regalías al Chicago Zoological Society's Brookfield Zoo (www.brookfieldzoo.org).

Con agradecimiento a Julie Buehler, intérprete de la vida salvaje en Alaska, por verificar la información de este libro.

Los datos de catalogación en información (CIP) están disponibles en la Biblioteca Nacional:

9781628558791   portada dura en Inglés ISBN
9781628558807   portada suave en Inglés ISBN
9781628558814   portada suave en Español ISBN
9781628558821   libro digital descargable en Inglés ISBN
9781628558838   libro digital descargable en Español ISBN
Interactivo libro digital para leer en voz alta con función de selección de texto en Inglés (9781628558845) y Español (9781628558852) y audio (utilizando web y iPad/ tableta) ISBN

Título original en Inglés: **Tuktuk: Tundra Tale**
Traducido por Rosalyna Toth en colaboración con Federico Kaiser.

Bibliografía:
Dowson, Nick, and Patrick Benson. *North: The Amazing Story of Arctic Migration*. Somerville, Mass.: Candlewick, 2011. Print.
Labrecque, Ellen. *Arctic Tundra (Earths Last Frontiers)*. Chicago: Raintree, 2014. Print.
Rivera, Raquel, and Jirina Marton. *Arctic Adventures: Tales from the Lives of Inuit Artists*. Toronto: Groundwood /House of Anansi, 2007. Print.
Silver, Donald M., and Patricia Wynne. *Arctic Tundra*. New York, N.Y.: W.H. Freeman, 1994. Print.
Sturm, Matthew. *Apun, the Arctic Snow*. Fairbanks, Alaska: U of Alaska, 2009. Print.
Taylor, Barbara, and Geoff Brightling. *Arctic & Antarctic*. Rev. ed. New York: DK Pub., 2012. Print.
Tocci, Salvatore. *Arctic Tundra: Life at the North Pole*. A Franklin Watts Library ed. New York: Franklin Watts, 2005. Print.
Yasuda, Anita, and Jennifer K. Keller. *Explore Native American Cultures!* White River Junction: Nomad, 2013. Print.

Elaborado en los EE.UU.
Este producto se ajusta al CPSIA 2008

Arbordale Publishing
Mt. Pleasant, SC 29464
www.ArbordalePublishing.com